시의 숲에서
길을　　찾다

시의 숲에서 길을 찾다

초판 1쇄 2016년 9월 25일
초판 6쇄 2019년 11월 15일

엮은이 | 서정홍
글쓴이 | 김민호 외
펴낸곳 | 도서출판 단비
펴낸이 | 김준연
편   집 | 최유정
등   록 | 2003년 3월 24일(제2012-000149호)
주   소 | 경기도 고양시 일산서구 일중로 30, 505동 404호(일산동, 산들마을)
전   화 | 02-322-0268
팩   스 | 02-322-0271
전자우편 | rainwelcome@hanmail.net

ISBN 979-11-85099-85-9   03810
      978-89-967987-4-3   (세트)
값 11,000원

이 도서의 국립중앙도서관 출판사도서목록(CIP)은 e-CIP홈페이지(http://www.nl.go.kr/ecip)에서 이용하실 수 있습니다.

농부 시인 봄날샘과 산골 아이들

시의 숲에서
길을   찾다

서정홍 엮음
산골 아이들 시감상

단비
danbi

시가 나를 데려간다, 평화의 숲으로

우리는 날이면 날마다 티격태격 싸우는 사람들의 모습을 보고 삽니다. 가정에서 학교에서 길거리에서 또는 신문 기사와 텔레비전 뉴스에서 아니면 인터넷으로 하루도 빠짐없이 보고 삽니다. 저는 그 모습을 보면서 가끔 엉뚱한 생각을 합니다. '저렇게 밥 먹듯이 싸우며 사는 사람들이 하루에 시 한 편만이라도 읽고 산다면 아니지, 일주일에 시 한 편만이라도 읽고 산다면 아니지, 한 달에 시 한 편만이라도 읽고 산다면 어떻게 바뀔까? 시를 사랑하는 마음으로 사람을 섬기고 사랑하며 살 수 있지 있을까?'

저는 날이면 날마다 티격태격 싸우는 사람들의 모습을 볼 때마다 자라나는 아이들이 어른들을 어찌 생각할까 싶어 얼굴을 들 수가 없습니다. 그래서 아이들 앞에 서면 조금이라도 덜 부끄럽게 살고 싶어 산골 농부가 되었습니다. 가까운 마을에 사는 젊은 농부들과 함께 사람과 자연을 괴롭히거나 죽이는 독한 농약과 화학비료와 비닐들을 쓰지 않고 농사를 짓고 있습니다.

이 모두 자라나는 아이들이 있기 때문입니다. 아이들이 없으면 학교도, 교실도, 운동장도, 놀이터도, 교사도, 교육감도, 도지사도, 국회의원도, 장관도, 대통령도, 성직자와 수도자도 무슨 소용이 있겠습니까? 더구나 아이들이 살아 있어도 아이들이 행복하지 않으면 교육이니 정치니 종교니 하는 것들이 무슨 가치가 있겠습니까? 우리가 밥을 먹는 것도, 밥을 먹고 똥을 누는 것도, 사람을 만나 차 한 잔 나누는 것도, 책을 읽으면서 세상을 배우는 것도, 세상을 배우면서 농사짓는 것도, 농사지으며 시를 읽고 쓰는 것도, 때론 숨 쉬는 것조차도, 아이들이 없으면 무슨 가치가 있겠습니까? 우리는 아이들이 있기 때문에 땀 흘려 일하고, 정직하게 살려고 애를 씁니다. 학교와 나라를 바로 세우려고 애쓰는 까닭도 아이들이 살아 있기 때문입니다.

열두 해 전, 황매산 자락 작은 산골 마을에 들어와 농사지으며 산골 아이들을 만났습니다. 산골에서 살아가는 부모만큼이나 삶이 고달픈 산골 아이들과 신나게 놀아 보고 싶어, 뜻있는 젊은 농부들과 함께 만든 학교가 "강아지똥 학교"입니다. 그 아이들이 자라 고등학생이 되었을 때는 "청소년과 함께하는 담쟁이 인문학교"를 만들었습니다. 가끔 아이들을 만나 삶을 가꾸는 시 쓰기 공부를 하며, 아이들한테 제가 여태 펴낸 시집과 동시집(1995년~2015년)을 읽고 마음에 와 닿는 시를 골라 감상을 써 보라고 하였습니다. 아이들과 제가 마음을 나누는 데 작은 도움이 되리라 생각했기 때문입니다. 이 책에서 아이들이 말하는 '봄날샘'은 저를 두고 하는 말입니다. 그리고 이름 앞에 학년을 적지 않고 나이를 적은 학생은, 학교를 다니지 않고 집에서 식구들과 농사지으며 스스로 배우고 깨달으며 살아가는 학생입니다.

부디 산골 농부와 산골 아이들이 함께 펴낸 시감상집이 세상에 나가 쓸쓸하고 고달픈 사람들의 마음을 '평화의 숲'으로 모셔가는 데 티끌만 한 거름이 된다면 바랄 게 없습니다. 몇 번이나 전화를 걸어 힘을 보태 준 단비 출판사 김준연 대표님과 추천 글을 써 준 이상대 선생님과 남호섭 선생님, 그리고 시감상집이 세상에 나올 수 있도록 애써 준 모든 분께 인사를 드립니다. 고맙습니다.

산골 마을마다 아이들이 뛰어노는 날을
애타게 기다리며
서정홍

차례

주인공이 무어, 따로 있나 – 더불어 사는 삶

닳지 않는 손 - 농부, 농사

못난 꿈이 한데 모여

식구와 동무들

가장 듣기 좋은 말

어머니가 하는 말 가운데
가장 듣기 좋은 말.

하루 몇 번씩 들어도
듣고 또 들어도
가장 듣기 좋은 말.

"인교야,
밥 무로 온나."

날마다 먹는 밥인데
질리지도 않고.

이 시에서 "인교야, / 밥 무로 온나."는 말이 참 정겹게 들린다. '밥 먹으러 오너라' 이렇게 썼다면 정겹게 들리지 않았을 것이다. 산골 할머니들이 하시는 말씀은 언제 들어도 구수하다. 나는 중학교 다닐 때 친구들과 어울려 해 질 무렵까지 공을 찼다.(지금도 마찬가지지만) 그때마다 할머니가 운동장으로 찾아와 큰 소리로 말씀하셨다. "우리 재훈이 오데 있노? 밥 묵을 때가 됐는데 뭐 하고 있노. 재훈아, 밥 무로 온나." 하지만 나는 친구들과 더 놀고 싶어 할머니가 찾으러 오면 숨기도 했다. 그때는 철이 없어 그랬구나 싶다. 세월이 흘러 어느새 내가 고등학생이 되었다. 오늘, 누가 내게 "하루 몇 번씩 들어도 / 듣고 또 들어도 / 가장 듣기 좋은 말"이 무어냐고 물으면 이렇게 대답할 것이다. '재훈아, 밥 무로 온나.'

●○ 고2 강재훈

밥 문나

외할머니는 밥만 먹으면, 아무리 힘들고 어려운 일도
다 헤쳐 나갈 수 있다고 하셨다. 이 세상에서 밥이 최고였다.

어릴 때부터 쉰 살이 넘도록
굶기를 밥 먹듯이 했다는 외할머니가
갑자기 쓰러져
밤새도록 똑같은 잠꼬대를 하셨다.

"밥 문나?"

외할머니는 무엇이 그리 바쁘신지
해가 뜨기도 전에 돌아가셨다.
돌아가시면서
내 손을 잡고 딱 한마디 하셨다.

"밥 문나?"

요즘 우리 친구들은 밥을 너무 함부로 대하는 것 같다. 밥 대신 수입 밀로 만든 라면, 과자, 빵, 피자, 자장면 따위를 많이 먹는다. 그리고 육식도 너무 좋아한다. 우리 할머니 살아 계실 적에 나를 볼 때마다 "밥 문나?" 하고 물어 보셨다. 안 먹어도 먹었다고 해야만 좋아하셨다. 밥을 먹어야 살 수 있다며, 세상 그 어느 것보다 밥을 소중하게 여기셨다. 그렇게 밥을 소중하게 여기시던 할머니는 얼마 전에 세상을 떠나셨다. 먼저 하늘나라로 가신 할아버지가 자꾸 꿈에 나타난다고 하시더니……. 이제는 아무도 "밥 문나?"라고 물어보는 사람이 없다. 할머니 돌아가시고부터 "밥 문나?" 그 짧은 말 한마디가 사무치게 그립다.

●○ 고2 김민호

첫 월급

이 나라 저 나라를
밥 먹듯이 돌아다니던 큰아들이
태어나서 32년 만에 일자리 얻었습니다

날이 갈수록 일자리를 얻지 못해
골방에서 거리에서
헤매는 젊은이가 늘어난다는데……
우리 아들이 일자리를 얻다니!

일 나간 지
한 달이 지나자마자 전화가 왔습니다
첫 월급 받으면
여태 먹여 주고 입혀 주고 키워 준 부모한테
속옷 선물해야 한다며

아내는 속옷 대신 중고 스마트폰을
나는 속옷 한 벌을
택배로 보내 달라고 했습니다
아들 얼굴 한 번 보고 싶지만

서울에서 산골까지 오려면 차비 들 테니
택배로 보내 달라고 했습니다

기다리던 택배가 눈바람을 뚫고
서울에서 산골 마을까지 왔습니다
택배 기사님이 아들보다 더 반갑습니다
고맙습니다

내가 만일 이 시에 나오는 부모라면 어찌했을까? 아들이 32년 만에 취직을 하여 첫 월급을 받아 선물을 하겠다는데 중고 스마트폰을 택배로 보내 달라고 했을까? 새 것도 아닌 중고를? 나는 이 시 가운데 "아들 얼굴 한 번 보고 싶지만 / 서울에서 산골까지 오려면 차비 들 테니 / 택배로 보내 달라"는 구절을 읽으면서 왠지 가슴이 시렸다. 32년 만에 아들이 취직을 했는데 얼마나 기분이 좋을까? 얼마나 만나고 싶을까? 그런데도 서울에서 산골까지 오려면 차비 들 테니 오지 말라고 한다. 오라는 말보다 더 가슴에 사무치는 말이다. 첫 월급을 받으면 부모님께 내복을 선물로 드려야 한다고 어디선가 들은 적이 있다. 하지만 우리 부모님은 내복을 잘 입지 않으신다. 그래서 나는 첫 월급을 받으면(그날이 언제쯤일지 모르지만) 마음을 담은 편지 한 장과 용돈을 두둑하게 드리고 싶다. 그리고 언젠가부터 부모님께 입버릇처럼 말씀 드렸듯이, 내가 커서 돈 많이 벌면 편안하게 살 수 있는 아담한 집 한 채 지어 드리고 싶다. 그 꿈이 꼭 이루어지면 좋겠다.

●○ 고3 윤심정

겨울 문턱에서

큰아들 녀석도
작은아들 녀석도
군 제대하고
자립하겠다며 떠난 지 오래

아내마저
친정 나들이 가고 없다.

혼자 밥상 차려 놓고
밥숟가락 드는데
감나무 가지 위에 까치 한 마리
나를 물끄러미 바라본다.

감 다 떨어지고
이파리까지 다 떨군
감나무 가지 위에 앉아
내 마음
다 안다는 듯이.

아버지는 집과 조금 떨어진 골짝에서 농사를 지으신다. 하지만 어머니와 형은 농사일을 많이 거들지 못한다. 어머니는 요양원에 일하러 다니시고, 형은 군인이 되어 나라를 지킨다. 나는 시간이 남아도는데도 농사일이 힘들고 귀찮다고 거들지 않는다. 그래도 아버지는 나한테 아무 말씀을 안 하신다. 이 시를 읽기 전에는 아버지가 해발 600미터나 되는 높은 산밭에서 혼자 농사지으시는 걸 뻔히 알면서도 나는 모르는 척했다. 혼자 일하시고 혼자 밥상을 차려 혼자 밥을 드시는 줄 잘 알면서도 모르는 척했다. 그런데 이 시를 읽고 나서부터 나도 모르게 마음 한 구석이 찡하다. 이제부터 억지로 틈을 내어서라도 아버지와 함께 농사일을 해야겠다. 아버지는 이제 혼자가 아니다.

●○ 고2 김민호

학교에서

할아버지 직업은?

농부입니다.

그럼 아버지는?

농부입니다.

농사지어
먹고살기 힘들 텐데?

선생님, 오늘 아침밥
먹고 왔습니다.

초등학교 다닐 때에 담임선생님이 아버지 직업이 무어냐고 물어봤을 때 나는 정말 부끄러웠다. 왜냐하면 아버지 직업이 버스 기사였기 때문이다. 그때 만일 아버지 직업이 사람들이 좋아하는 교사, 의사, 약사, 한의사, 판사, 검사, 사업가였더라면 자랑스럽게 말하지 않았을까? 이런 생각밖에 하지 못하고 살아온 어린 시절을 뒤돌아보면 부끄러워서 쥐구멍이라도 있으면 들어가고 싶다. 내 머릿속에 무엇이 들었기에, 누가 나한테 이런 생각을 집어넣었는지, 생각할수록 내가 한심하고 또 한심하다.

내 나이 열여덟, 이제는 당당하게 말할 수 있다. 누가 나에게 아버지 직업이 무어냐고 물어보면 "아버지는 학교 버스 운전기사입니다. 그리고 산골 마을에서 틈을 내어 농사지으며 살고 있는 농부이기도 합니다." 이 시를 읽으면서 나 자신이 부끄럽고 원망스러워 이 글을 쓴다. 못난 내 모습을 드러내고 나니, 막힌 속이 뻥 뚫린 것처럼 시원하다. 시가 나를 살렸다.

●○ 고2 강재훈

내기

오랜만에
외식 한번 하자는 어머니한테
아버지가 말씀하십니다.

"우리 손으로 농사지은 쌀 놔두고
외식을 꼭 해야만 하겠소.
집에서 밥 지어 먹으라꼬
손가락이 붙어 있는데……."

그 말씀을 듣고
어머니가 대꾸하십니다.

"어이구우, 참!
손가락이 와 붙어 있는지
생각해 보모 모르겠능교.
외식할 때
식당에서 숟가락 잡을라꼬 붙어 있지요."

동생과 나는
눈치만 슬슬 살피며 내기를 합니다.

오늘
외식할까? 못 할까?

내 생각에는 외식을 할 것 같다. 왜냐하면 우리 집에서 이런 일이 생기면 보통 엄마가 이기기 때문이다.

●○ 15세 정구륜

속잎 살리느라

배추 큰 이파리는

늙어서 누렇습니다.

작은 속잎 살리느라

힘을 다 써서 그렇습니다.

이 시를 읽는 순간, 부모님 생각이 났다. 나만 이런 생각이 드는 것은 아닐 것이다. 어쨌든 이 짧은 시가 내 마음을 흔들어 놓았다. 봄날샘은 배추 큰 이파리가 누런 까닭이 작은 속잎 살리느라 힘을 다 써서 그렇단다. 마치 자식들 먹여 살리려고 힘쓰는 우리 어머니, 아버지를 두고 말하는 것만 같아 가슴이 찡하다. 배추나 사람이나 자라는 작은 생명을 위해서 한평생 온갖 정성으로 보살피다 떠난다. 나는 이 시를 읽으며 '나'를 생각한다. 그리고 작은 속잎을 생각한다. 부디 작은 속잎이, 늙어서 누렇게 변한 큰 이파리를 잊지 말고 건강하게 잘 자라 주기를.

●○ 고2 김민호

가장 짧은 시

아랫집 현동 할아버지는
몇 해째 중풍으로 누워 계신 할머니를,
밥도 떠먹여 드리고
똥오줌도 누여 드립니다

요양원에 보내면 서로 편안할 텐데
왜 고생을 사서 하느냐고 이웃들이 물으면
딱 한 말씀 하십니다

― 누* 보고 시집왔는데!

* 누 : 누구.

나는 친구들과 같이 요양원에 봉사 활동하러 몇 번 가 본 적이 있다. 우리가 할 수 있는 일은 청소를 하거나 어르신들 밥을 떠먹여 드리는 일이다. 우리가 어르신들을 위해서 여러 가지 해 드린다고 하지만, 말 그대로 잠시 봉사 활동일 뿐이다. 이 시에 나오는 현동 할아버지는 중풍에 걸리신 할머니를 "밥도 떠먹여 드리고 / 똥오줌도 누여" 드리면서도 불평 한마디 없이 끔찍이 사랑하고 계신다. "누 보고 시집 왔는데!" 이렇게 짧은 한마디를 봄날샘은 '가장 짧은 시'라 한다. 내가 여태 읽은 그 어느 시보다 내 마음을 흔들어 놓은 시다. 부부로 살아가다 보면 누가 먼저 병이 들기도 하고 먼저 저세상으로 떠나기도 할 것이다. 나도 어른이 되어 혼인을 하면 현동 할아버지 같은 남자를 만나 '오랜 사랑'을 하고 싶다. 너무 지나친 욕심인가?

●○ 고3 윤심정

늦가을 밤에

늦가을 밤에
마음 나눌 벗이 없어
마당을 서성거리는데

노란 은행 이파리 하나
어깨 위에
살포시 내려앉는다.

나
여기
있지 않느냐고.

이 시를 읽으면서 만날 때마다 늘 웃기만 하던 봄날샘이 떠오른다. 봄날샘도 이렇게 쓸쓸할 때가 있구나 싶어서 마음이 짠하다. 나도 가끔 사람이 그리울 때가 있다. 그때마다 우리 집 개 코코, 앞마당 감나무, 밥 얻어 먹으려 오는 동네 떠돌이 고양이, 잠잘 때면 창문 너머로 보이는 달과 별이 소중한 친구처럼 내 곁에 있어 주었다. 참, 문득 생각난다. 어릴 때, 사람보다 개와 고양이와 자연을 더 좋아하던 내 친구 영효! 특별하고도 소중한 친구 영효! 만일 영효가 지금 내 곁에서 이 글을 읽는다면 "나 / 여기 / 있지 않느냐고." 다정스럽게 말해 주지 않았을까?

●○ 고2 김민호

정든 것끼리 정붙이고

외할머니는
낡은 집 절대 고치지 않고 산다.
누렇게 때 묻은 벽지 그대로
눌어붙은 장판지 그대로
변소 문 삐걱거리는 그대로
다 떨어진 담요와 이불 그대로
다락방에 쥐 몇 마리 들락거리는 그대로
얼마 남지 않은 나날,
정든 것끼리 정붙이고 산다.

이 시에 나오는 할머니처럼 나도 정붙이고 사는 게 있다. 처음 스마트폰을 샀을 때 같이 산 폰 케이스다. 스마트폰과 같이 낡아 가는 검은색 폰 케이스는 해질 만큼 해졌다. 이젠 가죽이 벗겨지고 실밥이 풀어지기 시작했다. 그런데 그게 편하다. 불편할 때도 있지만 그게 편하다. 이 시를 읽으면서 친구도 마찬가지라는 생각이 든다. 오래된 친구일수록 마음이 편하니까. 어떤 말을 해도 통할 수 있으니까. 새 것이 다 좋은 것은 절대 아니라는 것을 이 시는 말하고 있다.

●○ 고2 박기범

나도 도둑놈

나보다 가난한 친구에게
술 한 잔 얻어 마시고 돌아서면
도둑놈 같다
내가.

정이 많고 마음씨 착한 내 친구 기범이한테 항상 얻어먹고 돌아서는 나는 도둑놈이다. 호주머니에 돈이 있는데도 그 녀석에게 항상 얻어먹고 돌아서는 나는 도둑놈이다. 떡볶이, 붕어빵, 튀김······. 생각해 보면 헤아릴 수 없이 많이 얻어먹었다. 그래도 날 보면 기범이는 무엇이 그리 좋은지 환하게 웃으며 말한다. "우리는 고향 친구고 가족만큼이나 소중한 친구잖아. 그러니 사 주면 어떻고 얻어먹으면 어떻노. 괜찮다." 그래도 내 마음은 그게 아니다. 내 마음은 절대 그런 게 아니다. 내 마음은 미안하고 또 미안해서 그 녀석 얼굴 보기도 미안하다. 내가 도둑놈 같아서 그렇다.

〈나도·도둑놈〉이란 시는 나를 부끄럽게 만든다. 그래서 마음속으로 말했다. "기범아, 나는 네가 친구라서 너무 좋다. 너 같은 친구가 있어서 나는 굶어 죽지는 않을 끼다. 물론 너도 굶어 죽을 일은 절대 없을 끼다. 내가 약속 할게. 나중에 어른이 되어 삶이 힘들 때, 꼭 나한테 얻어먹으러 오이라. 우리 친구아이가."

이 시를 읽고 나니, 두 번 다시는 가난한 친구들한테 붕어빵 한 개라도 얻어먹어서는 안 되겠다는 생각이 든다. 네 줄밖에 안 되는 짧은 시지만, 사람이 어떻게 살아야 하는지를 큰 소리로 말해 주는 것 같다.

●○ 고2 김민호

진주 할머니

장에 가려고 길을 나선 진주 할머니는
하루에 두 번 있는 마을버스를 놓쳤습니다.

아이고, 택시라도 타고 가야지.
아니지, 택시비가 오천 원이라던데…….

조금만 걸어가다 타면
택시비가 사천 원 나오겠지.
아니지, 조금만 걸어가다 타면
택시비가 삼천 원 나오겠지.

오천 원……
사천 원……
삼천 원……
헤아리다 그만 장에 닿았습니다.

진주 할머니는 비지땀을 흘리며
걸어서 걸어서
장에 온 이야기를 풀어놓습니다.

혼자서 오늘
오천 원 벌었다고 좋아하십니다.

장에 가려고 길을 나선 진주 할머니가 하루에 두 번 있는 마을버스를 놓쳤다고 생각하니 걱정이 앞선다. 택시를 타고 가면 되겠지만 할머니는 택시비가 아까워서 "조금만 걸어가다 타면 / 택시비가 사천 원 나오겠지. / 아니지, 조금만 걸어가다 타면 / 택시비가 삼천 원 나오겠지." 그걸 헤아리다 그만 장에 닿았다고 생각하니 마음 한구석이 찡하다.

우리 동네에는 나 같은 학생보다 할머니들이 많이 사신다. 옆집 할머니, 앞집 할머니, 뒷집 할머니, 꼭대기 집 할머니, 건넛집 할머니가 살고 계신다. 시장에 가려면 버스를 타야 되는데, 우리 집 앞에는 버스가 다니지 않아 한참을 걸어 나가야 탈 수 있다. 그래서 옆집 할머니, 앞집 할머니, 뒷집 할머니, 꼭대기 집 할머니, 건넛집 할머니 들은 농사를 지은 것이나 산에서 캔 나물을 팔러 걸어서 걸어서 가신다. 나는 그 모습을 볼 때마다 새삼스럽게 할머니들의 '부지런함'을 다시 한 번 느낀다. 그 모습 보면서 나는 오늘도 부지런하신 할머니들을 따라 부지런히 학교에 간다.

●○ 중 3 김지윤

사람이 그리운 날

여럿이 어울려
산밭에서 고구마 싹을 심다가도
여럿이 어울려
저녁밥 먹다가도
사람이 그리울 때가 있습니다.

사람이 그리워
미칠 때가 있습니다.

친구들과 영화를 보고, 밥을 먹고 이야기를 실컷 나누고 헤어졌다. 집에 와서 자려고 누웠는데 잠이 오지 않았다. 마음 한쪽이 텅 빈 것 같았다. 허전했다. 이 허전함은 어디서 오는 걸일까. 봄날샘은 "여럿이 어울려 / 저녁밥 먹다가도 / 사람이 그리울 때가 있"다고 했다. '왜 여럿이 어울려 밥을 먹다가도 사람이 그리울까? 밥을 같이 먹는 사람들이 어떤 사람들일까? 속마음을 나눌 수 없는 사람들일까?' 혼자서 이런저런 생각을 하는데 문득 봄날샘과 시 공부하면서 들었던 정호승 시인이 쓴 〈수선화에게〉란 시의 한 구절이 떠올랐다. "울지 마라 / 외로우니까 사람이다 / 살아간다는 것은 외로움을 견디는 일이다" 외로우니까 사람이라고! 문득 내게 찾아온 허전함과 봄날샘에게 찾아온 그리움을 조금은 알 것 같다. 사람이라면 누구에게나 찾아오는…….

●○ **고2 박기범**

밥 한 그릇
경운기 사고로 갑자기 세상을 떠난 동무 장례식장에서

야야, 며늘아가
그만 울고 밥 좀 묵어라.
죽은 사람은 죽은 사람이고
산 사람은 살아야지.

아이고오 어머니
그래도 그렇지
젊은 남편 먼저 보낸 년이
밥이 우찌 목으로 넘어갑니꺼?

그러면서도
꾸역꾸역
밥 한 그릇 다 비운다.

아는 친척이 갑자기 눈이 많이 내려 건물이 무너지는 바람에, 그 건물에 깔려 돌아가셨다. 식구들과 처음으로 장례식장에 갔더니 장례식장 안에는 두 부류의 사람들이 눈에 들어왔다. 한 부류는 죽은 사람을 그리며 슬퍼하고 있고, 한 부류는 아무렇지도 않게 휴대전화로 게임을 하거나 문자를 주고받거나 주변 사람들과 수다를 떨었다. 그 모습을 처음 본 나는 '저게 장례식장에서 할 짓인가.'라는 생각이 들었다. 이런저런 생각을 하고 있는데 안내하는 분이 밥상을 차려 주었다. 아버지는 아침을 거른 나를 보고 밥을 먹으라고 하셨다. 그런데 나는 숟가락을 들 수가 없었다. 알 수 없는 슬픔이 몰려왔다. 결국 아버지한테 화장실에 간다고 둘러대고는 밖으로 나왔다. 비가 추적추적 내리고 있었다. 오늘처럼 이렇게 쓸쓸한 마음으로 비는 맞아 본 적이 없었다. 한동안 비를 맞으며 걷다가 다시 장례식장으로 들어갔다. 바뀐 건 아무것도 없었다.

●○ **고2 박기범**

작은 음악회

아버지 따라

숲 속 마을 작은 음악회에 갔는데

사람이 너무 적게 와서

오줌 마려운 것도 참고

끝까지 앉아 있었습니다.

만일 내가 저 자리에 앉아 있었더라면 어떻게 했을까? 사람도 없고, 재미도 없고, 오줌도 마려운데 아버지한테 집에 가자고 졸랐을 것이다. 그런데 시 속에 나오는 아이는 "사람이 너무 적게 와서 / 오줌 마려운 것도 참고 / 끝까지 앉아"서 연주를 들어준다. '얼마나 따뜻한 가슴을 가진 아이일까?' 이 시를 읽으면서 나도 모르게 가슴이 뛰었다. 나도 저런 마음으로 살 수 있을까?

●○ 고2 김민호

심사위원

바쁜 농사철이라
등허리만 닿으면
금세 잠들어 버릴 지친 몸으로
새벽녘까지 쓴 시를

한두 번 딱 읽고
좋은 시 나쁜 시
다 가려대는 아내.

아내가 싱겁고 맛이 없다는 시는
아무리 소금을 치고
갖은 양념을 뿌려도 맛이 없다.

내가 쓴 시는
아내가 가장 잘 안다.
나를 가장 잘 알고 있기 때문이다.
치사하고 더러운 구석구석까지.

정해진 시간 안에 글을 빨리 쓰다 보면 내가 읽어도 아무런 감동이 없을 때가 있다. 내가 쓰고도 무슨 말인지 헷갈릴 때도 있다. 봄날샘 말씀대로 일기를 뺀 모든 글은 대부분 남이 읽어 달라고 쓰는 것이다. 그런데 억지로 쓴 글은 "아무리 소금을 치고 / 갖은 양념을 뿌려도 맛이 없다." 이 시는 마치 내 경험을 말하는 것 같다. 나는 여태, 작가들은 그냥 마음만 먹으면 글이 줄줄 나오는 줄 알았다. 그런데 그게 아니구나 싶으니 조금 위로가 된다.

●○ **고2 박기범**

사람

사람을 만나

내가 사람이 되었습니다

사람을 만나

당신도 사람이 되었습니다

사람을 만나

우리는 사람이 되었습니다

"사람을 만나 / 내가 사람이 되었습니다" 이 구절이 참 좋다. '지나고 나면 모든 일이 별것도 아니라는 생각이 드는데, 그때는 왜 내 속이 좁았을까?' 이 시를 읽으면서 혼자 이런저런 생각을 많이 하게 되었다. 18년을 살면서, 그 가운데 5년이란 긴 세월을 나는 사람들과 등을 지고 살았다. 친구들이 만나자고 해도 피곤하다며 핑계를 둘러대고, 형들이 놀자고 해도 볼일 있다며 또 핑계를 둘러대고…….

그렇게 5년이라는 세월을 사람과 등을 지고 나니 어느새 나는 혼자가 되어 있었다. 친구가 무얼 하다 다쳤는지, 어떻게 살고 있는지 아예 관심조차 없었다. 지금 생각해 보니 내 마음속에 나도 모르는 상처가 있었구나 싶다. 이 시를 읽고 깨달았다. 사람을 만나지 않고 살았던 5년은 짐승보다 못한 삶이었다는 것을. 사람을 만나야 기쁨도 슬픔도 함께 나눌 수 있다는 것을. 사람을 만나야 사람이 된다는 것을. 살아가다 문득 사람이 싫어지면 이 시를 마음속으로 읽을 것이다.

●○ 고2 강재훈

스트레스

우리 고모는
전자 제품 공장에 다닙니다.
그런데 공장에만 가면
스트레스 받아 옵니다.

사장이 일 빨리빨리 하라고
만날 잔소리 해 대는 바람에
스트레스 받아서 미치겠다는데
할머니가 한마디 거듭니다.

"야야, 오데 받을 끼 없어서
스트레스를 받아 오노.
일을 했으모 돈을 받아 와야지."

"이머이, 돈은
월급날이 돼야 받아 오지요."

"야야, 스트레스는 만날 받아 오면서
돈은 와 만날 못 받아 오노."

"아이고오 어머이,
말도 안 되는 소리 마이소.
아하하하 아하하하……."

말도 안 되는 할머니 말씀에
우리 고모 스트레스는
온데간데없습니다.

"오데 받을 끼 없어서 / 스트레스를 받아 오노. / 일을 했으모 돈을 받아 와야지." 이 구절을 읽고 막 웃고 나니까 저절로 스트레스가 풀린다. 이 시를 읽으면서 앞으로 많이 웃고 살아야겠다는 생각이 든다. 나는 이럴 때 스트레스가 풀린다. 내 마음 알아주는 친구를 만나 이야기를 나눌 때, 쓰기 싫은 일기를 정신없이 쓰고 났을 때, 내가 좋아하는 축구나 게임에 빠져 시간 가는 줄 모를 때……. 그러나 무엇보다도 여태 쌓인 스트레스 날리는 데는 우리 형이 군대에서 휴가 나온다는 소식을 들었을 때다.

●○ 고2 김민호

아버지 보약

형과 내가 드리는
아침, 저녁 인사 한마디면
쌓인 피로 다 풀린다는 아버지는
'58년 개띠'입니다.

나이는 마흔하고 아홉입니다.
이제 오십 밑자리 깔아 놓았다는
아버지 보약은
옛날이나 지금이나 똑같습니다.

아버지, 잘 주무셨어요?
아버지, 잘 다녀오세요!
아버지, 잘 다녀오셨어요?

나는 아빠 엄마한테 맨날 인사한다. 아침 먹고 인사, 점심 먹고 인사, 저녁 먹고 인사하니까 아빠 엄마는 맨날 보약 받는 거다.

●○ 초등2 조정한

나는 못난이

내 별명은 못난이다.
'못난아 못난아!'
동무들이 맨날 놀려 대지만
듣고도 못 들은 척한다.

오늘따라 공부도 하기 싫고
하도 심심하여
골목을 서성거리는데

며칠 전에 이사 온
옆집 고은이 할머니가
나를 보자마자
뜬금없이 한 말씀 하신다.

"야야, 니 참 복스럽게 생겼다야.
앞으로 복 많이 받고 잘살겠다야."

집으로 와서 거울을 보았다.
보고 또 보았다.

복스럽게 생긴 못난이가
배시시 웃고 있다.

아주 못난이라도 잘난 구석은 있다. 이 시에 나오는 아이처럼 복스럽게 생겼다든가 아니면 운동이나 공부를 잘한다든가. 이 아이는 이 할머니가 말하신 대로 복을 많이 받겠지.

●○ 초등5 조정욱

그만하길 다행이네

개구쟁이 동생이
아궁이에서 불장난을 하다
한쪽 벽이 반쯤 탔는데도

그만하길 다행이네
사람이 안 다쳤으니.

아버지가
논둑에서 뱀한테 물려
발이 퉁퉁 부었는데도

그만하길 다행이네
독이 온몸에 퍼지지 않았으니.

우리 할머니는
어떤 일이 일어나도

그만하길 다행이네.

우리 할머니는 무슨 일이 있어도 "쫌 후딱 해라."라고 한다. 한쪽 벽이 탄
것이랑 뱀한테 물려 다리가 퉁퉁 부은 것은 좀 심각한 문제인 것 같은데,
뭐 그 할머니는 아주 태연한 것 같다.

●○ 초등5 조정욱

겨울밤

"야야, 저 하늘에
별 좀 봐라.
우리 손자 왔다고
얼굴 말끔하게 씻고 나왔구마."

외할머니 말씀
귀가 편안하다.

외할머니는 도시에 살아서 별을 잘 못 본다. 외할머니가 우리 집에 오시면 "별 좀 보세요. 외할머니 오셨다고 얼굴 말끔히 씻고 나왔네요."라고 할 텐데.

●○ 초등5 조정욱

밥 한 숟가락에 기대어

목숨, 생태

겨울 방학

논아 논아 다랑논아
봄 가뭄
여름 땡볕 이겨 내고
가을 태풍에 잘 버텨 내고
쌀 만드느라 애썼다.
이제 편히 쉬어라.

함께 살던
메뚜기도 여치도
물뱀도 우렁이도 반딧불이도
다 제 갈 길로 갔다.

이제 편히 쉬어라.
겨울 방학이다.

논도 "봄 가뭄 / 여름 땡볕 이겨 내고 / 가을 태풍에 잘 버텨 내고" 나면 겨울 방학이 온다는데……. 메뚜기와 여치, 물뱀과 우렁이와 반딧불이도 다 제 갈 길로 갔으니 논은 이제 편히 쉬기만 하면 된다는데……. 왜 자꾸 학교랑 학원에서는 방학에도 학생들을 불러낼까? 논도, 밭도, 농부 아저씨도 모두 쉬는 겨울 방학인데…….

●○ 19세 김수연

밥 한 숟가락에 기대어

밥 한 숟가락
목으로 넘기지 못하고
사흘 밤낮을
꼼짝 못하고 끙끙 앓고는

그제야 알았습니다.
밥 한 숟가락에 기대어
여태
살아왔다는 것을.

며칠 전에 독감에 걸렸는데, 오늘 아침엔 열이 나고 일어날 힘조차 없다. "이 녀석아, 벌떡 일어나 먹어야 살지. 먹어야 학교를 가든지 말든지 할 게 아니냐." 어머니 말씀을 듣고 문득 이런 생각이 들었다. 어머니가 지은 "밥 한 숟가락에 기대어 / 여태 / 살아왔다는 것을." 그런데 어머니가 지은 밥 한 숟가락에 기대어 살아온 내가, 언제부터인지 어머니가 지은 밥보다 밖에서 파는 달고 고소한 과자와 아이스크림을 좋아하기 시작했다. 더구나 어머니가 지은 밥보다도 더 맛있는 것들이 세상에 많다고 생각했다.

그런데 나는 밖에서 무얼 사 먹고 돌아온 날은 멀쩡한 똥을 눈 적이 한 번도 없었다. 설사를 하거나 변비가 생기거나 아니면 배가 아파 고생을 한 적이 많았으니까. 이 시를 읽고 나니 어머니가 지은 밥이 여태 나를 살렸구나 싶다. 세상에는 어머니가 차린 밥상만큼 건강한 밥상은 없다는 걸 깨달았다. 누구나 이 시를 소리 내어 두세 번 읽다 보면 어머니가 차린 밥상이 그리워지지 않을까 싶다.

●○ 고2 김민호

강아지풀이 사는 집

낮은 돌 틈 사이
이 빠진 그릇 안에
언제부턴가
강아지풀이 살고 있습니다.

바람 불 때
씨앗이 날아와
그 곳에
자리를 잡았을까?

이 정도면
사는 데
아무런
걱정 없을 거라고.

이 시에서 "아무런 / 걱정 없을 거라고"라는 구절이 마음에 와 닿는다. 나는 가끔 '이 정도면 괜찮은 걸까? 사는 데 아무런 걱정 없이 살 수 있는 걸까?'라는 걱정이 찾아와 불안해질 때가 있다. 그럴 때마다 "낮은 돌 틈 사이 / 이 빠진 그릇 안에"서도 걱정 없이 살아가는 강아지풀을 떠올려야겠다. 그리고 혼자 주문을 외워야겠다. '김수연, 너도 이 정도면 괜찮아! 가진 것 없어도, 그까짓 명예가 없어도, 이 정도면 사는 데 아무런 걱정 없잖아!'

●○ 19세 김수연

이대로 가면

사람들은
물고기 한 마리 없는
바다를 바라보게 될 것이다.

사람들은
새 한 마리 없는
산을 오르게 될 것이다.

사람들은
나비 한 마리 없는
들녘을 서성거리게 될 것이다.

농촌 마을을 걷다 보면 들녘이나 나뭇가지 위에 찢어진 비닐을 쉽게 볼 수 있다. 독한 농약병도 아무데서나 쉽게 볼 수 있다. 함부로 버린 농약병이 얼마나 큰 재앙을 몰고 올 것인지 알기나 할까? 나도 얼마 전에 무심코 거리에 과자 봉지를 버렸다. 주우러 갈 수 있었지만, 귀찮아서 내 갈 길을 갔던 적이 있었다. 이 시를 읽으니까 무엇인가 내 마음을 쿡쿡 찌르는 느낌이 든다. 이것이 죄책감일까? 문득 내가 정말 한심하다는 생각이 든다. 시처럼 우리가 이대로 함부로 먹고 마시고 버리면 "나비 한 마리 없는 / 들녘을 서성거리게 될"지 모르는데…….

●○ **고2 김민호**

봄날

청개구리 한 마리
자동차 다니는 길을
팔짝팔짝 건너간다.

아버지는
달리던 자동차를
잠시 세운다.

청개구리
지나갈 때까지.

봄날샘이랑 '강아지똥 학교' 친구들과 황매산에 올라갔다가 비기 마을에 사는 기범이를 데려다주고 집으로 돌아가는 길이었다. 봄날샘은 도로 한 가운데에 죽어 있는 새끼 고양이를 보시고는 자동차를 세우셨다. "얘들아, 우리 같이 내려서 죽은 고양이를 나무 밑에 묻어 주고 가자꾸나. 내가 땅을 팔 테니까 너희들은 죽은 고양이를 얼른 들고 오너라." 우리는 봄날샘 말씀에 따라 자동차에서 내렸다. 친구들과 나는 서로 눈치만 볼 뿐 아무도 죽은 새끼 고양이 옆을 가려 하지 않았다. 내가 아는 귀여운 새끼 고양이와 차가운 도로 한 가운데 죽어 있는 새끼 고양이는 좀 많이 달라 보였다. 차마 두 눈 뜨고 보기 힘들 정도로 많이 달라 보였다. 그때, 망설이고 있는 나와 친구들에게 봄날샘이 한마디 하셨다. "이 녀석들아, 사람이나 고양이나 똑같은 생명인데 망설일 게 뭐 있냐?" 나는 그 말씀에 용기를 얻어 눈을 찔끔 감으며 죽은 새끼 고양이 뒷다리를 잡았다. 그리고 도로 옆에 있는 벚나무 밑에 친구들과 정성을 들여 묻어 주었다. 처음이었다. 사람들 때문에 아무 것도 모르고 차에 치여 죽은 어린 생명을 묻어 준 일은 태어나서 처음이었다. 기분이 이상했다. 좋은 일을 한 거 같았는데 오히려 죄책감이 들었다. 새끼 고양이한테 너무 미안했다. 자동차가 우리에게 편리함을 주지만, 자동차 때문에 죄 없는 개구리도 죽고 고양이도 죽고 고라니도 죽어 간다. 그래서 미안하고 또 미안했다. 이 시를 쓴 봄날샘도 내 마음과 같지 않을까?

●○ 고2 김민호

겨울 아침

백 년 만에

가장 춥다는 겨울 아침

사람만 추운 게 아니더라.

참새들도 추운 게다.

감나무 가지 위에

다닥다닥 붙어 앉은 걸 보면.

나는 산골 마을에 살면서, 참새를 날마다 보고 살면서, 한 번도 참새가 겨울에 추울 거라는 생각을 하지 않았다. 참새뿐만 아니라 자주 만나는 까치든 멧비둘기든 추울 거라는 생각을 한 번도 하지 않았다. 이 시를 읽으면서 나는 이날까지 '사람 중심'으로 생각하고 살았구나 싶다. 앞으로는 사람과 같이 숨 쉬고 살아가는 모든 동물과 식물한테도 관심을 가져야겠구나 싶다. 참, 친구들 가운데 기범이라는 친구가 있다. 친구들은 시에 나오는 참새와 같이 추운 날에는 기범이 옆에 다닥다닥 붙어 있을 때가 많다. 기범이는 친구들에게 따뜻함을 주는 '인간 난로'다. 좋은 친구다.

●○ **고2 박경락**

아내는 언제나 한 수 위

영암사 들머리
신령스런 기운이 돈다는
육백 년 넘은 느티나무 밑에서

아내한테 말했습니다.

"여보, 이렇게 큰 나무 앞에 서면
저절로 머리가 숙여져요."

아내가 말했습니다.

"여보, 나는 일 년도 안 된
작은 나무 앞에 서 있어도
저절로 머리가 숙여져요."

새해 첫날, 봄날샘이랑 강아지똥 학교 친구들과 함께 문화유산인 영암사지 들렀다가 모산재에 올라갔다. 모산재는 황매산 아래에 있는 조금 험한 고개다. 봄날샘은 산에 올라갈 때는 고함을 지르거나 녹음기 카세트를 함부로 틀어서는 안 된다고 하셨다. 산에는 나무와 새와 산짐승과 같은 온갖 생명들이 살고 있으므로 시끄럽게 해서는 안 된다고 하셨다. 봄날샘 말씀을 듣고 곰곰이 생각해 보니, 나는 단 한 번도 그런 생각을 해 본 적이 없었다. 나는 참 생각 없이 살았구나 싶었다. 높은 곳으로 올라갈수록 키 작은 소나무가 많았다. 봄날샘은 "나무는 바람을 이겨내기 위해 스스로 키를 낮추는 것"이라 하셨다. 스스로 자신을 낮춘 나무를 보니 나도 저절로 고개가 숙여졌다. 생각해 보니 자신을 낮추지 않는 생명은 사람밖에 없는 것 같다. 봄날샘 부인은 "일 년도 안 된 / 작은 나무 앞에 서 있어도 / 저절로 머리가 숙여"진다고 하는데…….

●○ 고2 김민호

우찌 알고

봄이 왔다고
아무도
말하지 않았는데

우찌
알고

냇가에
버들강아지 싹이 트고
산밭에
매화가 피노.

학기 초 우리 반 선생님은 까다롭고 무섭다는 소문이 나 있었다. 그래서 평소에 시끄럽게 떠들던 아이들도 선생님이 들어오시면 쥐 죽은 듯이 조용해졌다. 이 사건이 일어났을 때는 정규수업 마치고 8교시 자율학습시간이었다. 친구들과 나는 "와아, 수업 끝났다!"라고 외치며 교실 뒤쪽에 서서 자유롭게 이야기를 나누고 있었다. 그런데 그때! 담임선생님의 실루엣으로 추정되는 머리카락과 옷이 교실 창문에 얼핏 보였던 것이다. 우리는 약속이라도 한 듯이 100m 달리기 할 때보다 더 절실한 마음으로 후다다닥 걸상을 넘고 교실 바닥에 널브러진 책과 가방을 뛰어넘어 전속력으로 자리에 앉았다. 1초 2초 3초…… 정적이 흐른 뒤 덜컥, 하고 선생님이 들어오셨다. 이윽고 선생님이 고개를 드시더니 바지에 손을 넣고 특유의 웃음과 미소를 지으면서 반 친구들을 쭉 훑어보면서 말씀하셨다. "자, 아까 일어난 학생 모두 다시 일어서." 나는 눈으로 '일어서라'라는 무언의 메시지를 받은 것만 같아, 나 혼자 괜스레 찔려서 '선생님께서 못 보셨을 것 같은데, 일어서? 말아?' 생각하는 동안 손에 절로 땀이 생기기 시작했다. 일어서, 말아? 일어서, 말아? 몇 분을 생각하다가 '아아, 빨리 앉았는데…… 설마, 들켰나?'라고 생각이 드는 순간 슬그머니 눈치를 보며 일어섰다. 그리고 나는 그날 친구들과 함께 선생님이 내려 주는 특별한 다이어트 체조를 신나게 했다. 지금 와서 생각해 보면 선생님은 분명 그 아이가 나였다는 것을 모르셨을 텐데 싶었다. 내가 일어서 있었다고 아무도 말하지 않았는데 우찌 알고, 우찌 알고 선생님께서 나에게 눈짓을 보내셨을까?　　　　　　●○ **고1 김지윤**

산밭 가는 길

아버지 따라 산밭 가는 길
논두렁 밭두렁 작은 언덕마다
꽃들이 활짝 피었습니다.

제발, 나 좀 보고 가라고
쳐다보는 꽃에게
나는 발목이 잡혔습니다.

아버지는 괭이 메고
산밭으로 자꾸 올라가는데……

날마다 학교 가는 길, 논두렁 밭두렁 작은 언덕마다 꽃들이 활짝 피어 있지만, 한 번도 나 좀 보고 가라고 발목을 잡는 꽃은 없었다. 어쩌면 날마다 내 발목을 잡았는데, 내가 몰랐겠지. 봄날샘은 무얼 말하고 싶었을까? 이 시를 읽으며 시가 내게 이렇게 말을 거는 것 같았다. '여기저기 이름도 없이 피어 있는 들꽃을 볼 수 있는 여유를 가지라고. 무어 그리 사는 게 바쁘냐고.'

이 시를 감상하면서 언젠가 삶을 가꾸는 시 쓰기 수업할 때, 봄날샘이 하신 말씀이 떠올랐다 "사람으로 태어나서 바쁘게 사는 게 가장 큰 죄다. 바쁘게 살면 부모 형제도 친구도 이웃도 눈에 보이지 않고 '나만' 보인다." 오늘은 정말 나만 보였다. 학교 마치고 집으로 돌아오는 길에 배가 고파 분식집 앞에서 멈추었다. 친구들은 저 멀리 가고 있는데, 나 혼자 맛있는 냄새에 취해 가만히 서 있었다. 먹을까 말까 고민하는 사이에 친구들은 저 멀리 가고 있었다. 언젠가 봄날샘이 콩 한 쪽도 나누어 먹을 줄 알아야 사람이 된다 했는데……

●○ **고2 박경락**

콩을 가리며

싸락눈 내리는 밤에
나무들의 새살거림이 들리는 듯한 밤에
아내와 쥐눈만 한 쥐눈이콩을 가립니다
큰 쟁반에 콩을 붓고
눈에 불을 켜고 콩을 가립니다

비를 맞아 썩은 놈들이야
미련 없이 가려내면 그만인데
반쯤 벌레 먹은 놈들은
나도 모르게 눈길이 갑니다

벌레한테 먹히지 않으려고
발버둥 쳤을
그놈들의 만만찮은 하루가
자꾸 떠올라

얼마 전에 할머니랑 같이 콩을 가렸던 기억이 난다. 할머니는 벌레가 귀신 같아서 크고 좋은 것만 골라 먹는다고 하셨다. 나는 그 말씀을 듣고 바보처럼 웃음이 나왔다. 산골 마을은 농사철이 다 끝난 다음에야 할머니와 할아버지가 마주앉아 콩을 가리며 온갖 지난 얘기를 다 나누신다. 〈콩을 가리며〉 이 시 가운데 "반쯤 벌레 먹은 놈들은 / 나도 모르게 눈길이" 간다는 부분에서 내 눈길도 딱 멈추었다. 그리고 "벌레한테 먹히지 않으려고 / 발버둥 쳤을 / 그놈들의 만만찮은 하루가 / 자꾸 떠올라" 이 부분은 마치 나를 두고 하는 말 같았다. 메마른 세상에 살아남으려고 공부와 경쟁에 지친 나를 위로하는 것 같았다. 잘난 것들보다 못난 것들에게 눈길을 주는 시인의 체온은 몇 도쯤 되는 걸까?

●○ 고3 윤심정

멍구 울음소리

아무나 좋다고 따라다니던
이장댁 똥개 멍구가
도시에서 손님들 놀러 온다고
버드나무에 거꾸로 매달려
몽둥이로 맞고 오늘 죽었다.

'죽기 싫다, 죽기 싫다.'
'죽이려면 빨리 죽여라.'
멍구 울음소리가 마을을 한 바퀴 돌고
산으로 올라갔다가
다시 우리 집까지 쫓아왔다.

우리 집 진돗개 복실이는
마음이 아픈지
하루 내내 밥도 먹지 않고
집에만 틀어박혀 나올 줄 몰랐다.

내가 사는 작은 산골 마을에서는 한 해에 한두 번 돼지를 잡는다. 살아 있는 돼지를 트럭에 싣고 와서, 돼지 다리를 묶고는 패 죽인다. 돼지는 도끼나 망치로 얻어맞을 때마다 '꾸웩꾸웩' 하며 비명을 지른다. 돼지는 죽기까지 이 시에서 하는 말처럼 소리를 질렀는지 모른다. "죽기 싫다, 죽기 싫다. / 죽이려면 빨리 죽여라." 돼지가 숨을 멈추고 나면 돼지 내장을 끄집어내는 아저씨도 있고, 사방으로 튄 피를 씻어 내는 할머니도 있고, 그 광경을 보며 웃고 떠드는 할아버지들도 있다. 나는 고기를 삶아서 먹어 보라며 주는 어른들이 무서워 집으로 도망을 갔다.

그 일이 있은 뒤, 나는 얼마 동안 돼지고기를 먹지 못했다. 나도 어른이 되면 저런 짓을 하게 될까 두렵기도 했다. 오늘 신문 기사에 이런 글이 실렸다. 자동차에 치여 죽은 짐승을 보면 신고를 해야 하는데도, 집에 가져가서 고아 먹는다는 어른들이 있다고. 기사를 읽으면서 문득 봄날샘 말씀이 생각났다. "어른들한테 꼭 배워야만 하는 것은, 어른들처럼 저렇게 살면 안 된다는 것이다."

●○ **고2 박기범**

상추와 강아지풀

가뭄이 들어
상추밭에 물을 줍니다

혼자서도 잘 노는
다섯 살 개구쟁이 다울이가
살며시 다가와 묻습니다

시인 아저씨, 상추는 물을 주면서
강아지풀은 왜 물을 안 줘요?
상추 옆에 같이 살고 있는데

그 말을 듣고
강아지풀한테
물을 듬뿍 주었습니다

어릴 적에 할머니와 함께 고추 모종에 물을 준 적이 있다. 물을 주니 파릇 파릇 생기가 넘쳐 보기가 좋았다. 그런데 그 옆에 제비꽃은 물기 하나 없이 구석에 앉아 고추 모종을 부러워하는 듯한 눈으로 보고 있었다. 그래서 제 비꽃에게 물을 줬던 기억이 난다. 이 시를 읽으니까 나도 많이 커 버린 것 같다는 생각이 든다. 왜냐하면 제비꽃에게 물을 준 기억이 까마득하기 때 문이다. 이 시에 나오는 다섯 살 다울이처럼 나도 한때는 저렇게 맑은 영혼 을 가진 때가 있었는데…… 강아지풀과 상추를 차별하지 않고 똑같은 생 명으로 바라보는 다울이처럼 나도 다시 돌아가야겠다. 고추 모종 옆에 있 는 제비꽃에게 물을 주던 그 시절로.

●○ 고3 윤심정

내가 가장 착해질 때

내 손으로

농사지은 쌀로

정성껏 밥을 지어

천천히 씹어 먹으면

나는 저절로 착해진다.

아버지는 콩을 고르고, 메주를 쑤고, 된장을 만들 때 가장 착해진다고 하신다. 어머니는 들에 핀 민들레와 제비꽃 같은 들꽃들을 볼 때 가장 착해진다고 하신다. 나는 학교에서 돌아와 따뜻한 밥 한 그릇 먹고 이불 속에 쏙 들어갈 때 가장 착해진다.

●○ 중3 김지윤

서로 미안하여

감나무 밑에서
동화책을 읽고 있는데
책 위에 참새 똥이 툭 떨어졌다.

툭 하는 소리에 놀라
감나무를 쳐다보았다.

가지 위에 앉아 있는 참새와
눈길이 딱 마주쳤다.

참새가 놀란 눈으로 보길래
내가 먼저 말했다.

"괜찮아, 괜찮다니까!"

사람이 쳐다봐도 안 피하는 걸 보니 겁이 없나 보다. 나도 감나무 밑에서 책 보고 싶다. 요즘은 뱀 나올까 봐 겁이 나서 못 한다. 참새야, 내가 감나무 밑에서 책 볼 때는 똥 누지 말아 주라. 응? 오줌도 히히.

●○ 초등5 조정욱

주인공이
무어, 따로 있나

더불어 사는 삶

어찌하랴

붙잡아도 가고

붙잡지 않아도 간다,

세월은.

어제 저녁밥을 드시다가 어머니가 말씀하셨다. "내일이면 내가 벌써 쉰 살이구나." 어머니 얼굴에는 지난 세월의 흔적만큼이나 주름이 가득했다. 자식 키우느라 남 몰래 흘린 눈물은 얼마나 많을까. 더구나 술 좋아하고 친구 좋아하다가 하는 일마다 실패를 하신 아버지 때문에 얼마나 속이 상하셨을까. 세월은 참 무심하기만 하다. 지금 내가 세월이 어쩌고 하는 글을 쓰고 있으니 부끄럽기도 하지만 부쩍 자란 것 같다.

●○ 고2 김민호

몸무게

내 몸무게는
하루 일하지 않으면
삼백 그램 늘고
이틀 일하지 않으면
육백 그램 는다

내 몸무게는
먹는 만큼 늘었다가
일한 만큼 줄어든다

먹는 양과
일한 양을 견주어
한 치 오차도 없이
늘었다가 줄어드는
내 몸무게는 정직하다

아버지는 날마다 일하시기 때문에 몸무게가 늘지 않는다. 그래서 아버지 몸무게는 내가 어릴 때나 지금이나 똑같다. 그러나 내 몸무게는 키가 크는 속도보다 몇 배나 더 빠르게 늘어난다. 왜냐하면 아버지처럼 날마다 일하지 않기 때문이다. 가끔 아버지 따라 일하러 갈 때도 나는 틈만 나면 힘들다고 쉬고, 조금 일하다 또 힘들다고 쉬기만 했으니 어찌 가벼워질 수 있겠나. 이 시를 읽으면서 사람은 책상에 앉아 공부만 해서는 안 된다는 걸 깨달았다. "먹는 양과 / 일한 양을 견주어 / 한 치 오차도 없이 / 늘었다가 줄어드는 / 내 몸무게는 정직하다"는 것을 알았으니까 말이다. 어쨌든 이 시는 나를 미안하게 만든다. 그리고 아버지 앞에 서기 부끄럽게 만든다.

●○ 고2 강재훈

무덤가에 누우면

무덤가에 누우면

어쩐지 참 편안하다.

돌아가야 할 곳이라

돌아가서

다시 태어날 곳이라

어머니 품 같은 곳이라.

집 나간 소를 찾고 싶으면 먼저 가까운 무덤가를 가 보라는 말을 어디서 들은 적이 있다. 그런데 집 나간 소가 무엇 때문에 무덤가에 있는지 나는 생각해 본 적이 없다. 봄날샘은 무덤가를 참 편안한 곳이라 했다. 돌아가야 할 곳이라고, 돌아가서 다시 태어날 곳이라 했다. 무엇보다도 "어머니 품 같은 곳이라"는 말이 가슴에 와 닿았다. 내가 사는 마을은 산골이라 여기저기 무덤이 많다. 그 무덤을 보면, 나도 언젠가 저곳으로 돌아가야 한다는 생각이 든다. '그런데 왜 사람들은 서로 헐뜯고 속이고 미워하며 사는 걸까? 새처럼 자유롭게 살 수는 없을까?' 무덤가를 지나갈 때마다 온갖 생각이 다 든다.

●○ 고2 김민호

고백록

늑을수록

지은 죄가 많아

하품을 해도

눈물이 나옵니다.

이 시를 읽으면서 괜히 웃음이 나왔다. 왜냐하면 하품을 할 때마다 나도 눈물이 나왔기 때문이다. 눈물을 흘릴 만큼 지은 죄는 없는데……. 나도 모르는 죄가 마음속에 숨어 있는 것일까? 알 수 없는 일이다. 정말 늙을수록 눈물이 많이 나오는 걸까? 이 시를 읽고 나서 내 눈에 맺힌 눈물을 생각한다. 그런데 산골 마을에서 농사지으며 시를 쓰는 봄날샘은 무슨 죄가 많아 하품을 해도 눈물이 나오는 것일까? 다음에 만나면 여쭤 보고 싶다. 사람이 죄 짓지 않고 살 수 있는 길은 없는지…….

●○ **고2 박경락**

돈

나는 네놈이 싫다.
부자들 곁에 모여 살기 좋아하는

나는 네놈을 미워한다.
가난한 사람을 몰아치는

내가 네놈과
웃으며 만날 수 있으려면
네놈이
부자들 주머니를 벗어나
가난한 사람들
주머니를 채워 줄 때뿐이다.

그 날이 올 때까지
나는 네놈을 돌같이 보리라.
썩은 돌같이 보리라.

병원에서 어느 할머니와 수납 창구 누나가 다투고 있었다. 천 원짜리 지폐 한 장 때문이었다. 할머니는 병원비 천 원이 모자라 나중에 주면 안 되느냐 하고, 누나는 막무가내로 지금 내라고 한다. 나는 문득 이런 생각이 들었다. '내가 그냥 천 원을 주고 올까?' 그런데 생각뿐이지, 용기가 나지 않았다. 그 래서 그저 바보처럼 지켜만 보았다. 이 시를 읽으면서 돈이란 놈을 너무 가 까이 해서도 안 되겠지만, '썩은 돌같이' 너무 멀리해서도 안 되겠다는 생각 이 든다. 프랑스 명언에 "잘 생각하고 돈을 쓰는 사람은 어느 사이에 부자가 된다."고 한다. 나는 절대 부자가 되고 싶지는 않다. 부자가 되려면 부모 형 제도 친구도 이웃도 멀리 하고 모질고 독하게 살아야 하니까 말이다. 부자 는 되지 않더라도 돈을 써야 할 때는 잘 생각한 다음 아낌없이 써야겠다.

●○ **고2 박경락**

차이

넉넉한 사람들은

죽기가 두려워 기도하고

가난한 사람들은

살기가 두려워 기도한다

똑같은 세상에 태어나서 똑같은 삶을 살다가 죽는데 너무 다르다는 생각
이 든다. 달라도 너무 다르다. "넉넉한 사람들은 / 죽기가 두려워 기도하고 /
가난한 사람들은 / 살기가 두려워 기도한다" 짧은 시지만 우리나라 현실을
잘 나타낸 것 같아 어쩐지 가슴이 아프다. 그리고 이 시를 읽고 나니까 아
버지가 가끔 술 드시고 하는 말씀이 떠오른다. "아버지가 어렸을 때는 굶기
를 밥 먹듯이 했다. 먹을 양식이 없어서 물로 배를 채울 때도 많았어. 지금
도 산골 살림이 넉넉하지는 않지만 밥은 굶지 않고 살 수 있으니 얼마나 다
행이고." 아버지가 어린 시절에 겪었던 '가난'을 가끔 말씀해 주시지만, 나는
겪어 보지 않아서 그냥 머리로만 알아듣는다. 그렇지만 아버지 얼굴에 주
름살을 보면 어렴풋이 느낄 수 있다. '가난'이란 놈이 얼마나 지독한가를!

●○ 고2 강재훈

나도 저렇게

햇볕 잘 드는
낮은 언덕에서

제 할 일 다 마치고
누렇게 익은 호박처럼

나도 그렇게
늙고 싶다.

모난 데 하나 없이
둥글게 둥글게.

사람은 누구나 "제 할 일 다 마치고 / 누렇게 익은 호박처럼" 가만히 앉아 있고 싶을 때가 있을 것이다. 날이 갈수록 사는 게 어수선하고 복잡하다. 가끔 어른들 사는 모습을 보면 어른이 되고 싶지 않을 때가 한두 번이 아니다. 오늘 내 할 일을 모두 다 마치고 나면 햇볕 잘 드는 언덕이 아니라 하더라도, 아무 걱정 없이 누워서 잠이나 실컷 잤으면 좋겠다. 그런 날이 오기는 할까? 나도 모른다. 누가 알까? 날이 갈수록 사는 게 어수선하고 복잡한데…….

●○ **고2 박경락**

목욕탕에서 1

내가 어릴 때
놀고도 배불리 먹고
떵떵거리며 사는
기와집 덕만이 아버지는
자지가 두 개인 줄 알았다.

으리으리한 기와집에서
비단옷과 털신을 신고
골목을 나설 때면
동네 어른들이 모두 굽실거렸다.
앞집 삽살개 알랑방귀뀌듯
그렇게 굽실거렸다.

그래서 나는
어릴 때부터 부자들의 자지는
두 개인 줄 알았다.
가난한 사람들과는 뭔가 한 군데쯤
다를 것이라 생각했기에.

그런데
아랫마을에 공중 목욕탕이 생긴 뒤
설날을 하루 앞두고
목욕탕에서 만난
덕만이 아버지의 자지는
한 개였다.
그것도 아주 볼품없는.

목욕탕에 가면 어떤 사람이 부자인지 가난한 사람인지 차이가 없다. 그러나 목욕탕 밖을 나가면 차이가 난다. 어떤 옷을 입고 있는지, 어떤 승용차를 타는지, 얼마만큼 돈이 있는지에 따라 차이가 난다. 다 똑같은 심장이 뛰고 있는데 왜 차이가 나는 걸까? 봄날샘은 눈에 보이는 것보다 눈에 보이지 않는 마음이 더 소중하다고 하는데……. 내가 아직 어려서 그런지 세상이 어찌 돌아가는 건지 잘 알지 못한다. 이런저런 생각으로 머리가 찌근거릴 때는 모두들 벗고 평등하게 돌아다니는 목욕탕이 좋다. 오늘은 친구 경락이랑 목욕탕이나 가야겠다.

●○ 고2 김민호

때늦은 깨달음

바쁘게 살면
늙은 부모님 뵙고
어깨 한 번 주물러 드릴 수 있겠는가
병든 형제를 찾아
위로 한 마디 할 수 있겠는가
시름에 겨운 벗을 만나
술 한잔 따를 수 있겠는가
가난한 이웃과
따뜻한 밥 한 끼 나눠 먹을 수 있겠는가

바쁘게 살면
내가 누군지, 어디서 왔다가
어디로 가는지 알기나 하겠는가
바쁘게 살면
복 짓는 일보다
죄 짓는 일이 많지 않겠는가

부끄럽게도
그렇게 살았다, 나는

숨 한 번 제대로 쉬지 못하고

내가 생각해도 우리나라 사람들은 조금의 여유도 없이 바쁘게 살아가는 것 같다. 다른 나라 노동자들이 우리나라에 와서 처음 배우는 말이 '빨리 빨리'와 '욕설'이라 한다. 사람을 마치 기계처럼 부려먹고 욕설까지 해 댄다고 생각하니, 지은 죄도 없는데 미안하고 부끄럽고 또 부끄럽다. 우리나라는 육이오전쟁이 끝난 뒤, 먹을 양식이 모자라 굶기를 밥 먹듯이 한 사람이 많았다고 한다. 그래서 '빨리 빨리' 부지런하게 살 수밖에 없었다고 한다.

내가 직접 겪어 보지 않아 모두 이해할 수는 없지만, 어쨌든 지금은 내가 사는 산골 마을에도 피자 가게가 들어올 만큼 살기가 나아졌다.(피자 가게가 들어왔다고 살기가 고루고루 나아진 건 아니지만) 나는 이 시를 읽으면서 내 모습을 보게 되었다. 나도 부모님과 동생과 주변에 마음을 쓰지 않고 바쁘게 살았으니까 말이다. 이 시는 바쁘게 살아가는 내 발목을 붙잡는다. "심정아, 제발 부탁한다. 구름처럼 바람처럼 잠시 왔다 가는 인생이니 늘 마음의 여유를 가지고 살아라. 바쁘게 살면 복 짓는 일보다 죄 짓는 일이 많지 않겠느냐."

● ○ 고3 윤심정

손금을 보면서

"어머니, 손금은
왜 이리 어지럽게
여러 갈래로 나 있는 걸까요?"

"사람이 사는 길도
여러 길이 있다는 것을
보여 주기 위해서지."

어머니 말씀 듣고
손금을 자세히 보니
진짜 길이 많습니다.

넓은 길과 좁은 길이 있고
죽 뻗은 길과 굽은 길이 있고
사이사이 샛길도 있습니다.

이 시를 읽으면서 '정말 그렇네!' 하는 생각을 여러 번 하게 되었다. 이 방향 저 방향으로 이리저리 그려져 있는 손금이, 정말로 사람 사는 길 같아 보였다. 아이가 묻는 질문에, 알기 쉬우면서도 깊이 있게 대답해 주는 어머니의 가르침이 감동스럽다. 어머니는 이 손금을 통해서 아이에게 사람 사는 길도 손금처럼 여러 갈래가 있지만, '자기다운' 길이라면 옳은 길이라는 것을 말해 주고 싶으셨던 게 아닐까? 나는 초등학교를 졸업하고 여태 부모님과 집에서 공부하고 농사지으며, 가까운 중학교에 가서 주마다 기타를 가르치며 산다. 지금 내가 가고 있는 길이 옳은 길인지 끊임없이 고민하면서 살아가고 있다. 이 시는 이런 내 등을 토닥거리며 말을 건다. "수연아, 조금 어설프게 살아도 좋고, 특별하게 살지 않아도 괜찮아. 그냥 '너답게' 살아." 시가 길이 되고 위로가 된다.

●○ 19세 김수연

58년 개띠

58년 개띠 해
오월 오일에 태어났다, 나는

양력으로는 어린이날
음력으로는 단옷날

마을 어르신들
너는 좋은 날 태어났으니
잘 살 거라고 출세할 거라고 했다.

말이 씨가 되어
나는 지금 '출세'하여
잘 살고 있다.

이 세상 황금을 다 준다 해도
맞바꿀 수 없는
노동자가 되어
땀 흘리며 살고 있다.

갑근세 주민세
한 푼 깎거나
날짜 하루 어긴 일 없고
공짜 술 얻어먹거나
돈 떼어먹은 일 한 번 없고

어느 누구한테서도
노동의 대가 훔친 일 없고
바가지씌워 배부르게 살지 않았으니
나는 지금 '출세'하여 잘 살고 있다.

나는 97년 소띠다. 내가 태어나서 잘못 살아왔다고 느낄 때가 있다. 친구가 어떤 일로 힘들어 하면서도 나한테 터놓고 말하지 않을 때다. 왜냐하면 내가 여태 그 친구 마음을 몰라주었기 때문이니까. 그리고 우리 집 강아지 코코가 밖으로만 나돌 때다. 내가 그만큼 코코와 많이 놀아 주지 못했기 때문이니까. 내가 잘 살아왔다고 느낄 때가 있다. 아버지가 일을 도와 달라고 부탁을 하실 때다. 왜냐하면 그만큼 아버지한테 내가 쓸 만한 자식이기 때문이니까. 그럼 나도 '58년 개띠'인 봄날샘처럼 출세하여 잘 살고 있는 걸까? "이 세상 황금을 다 준다 해도 / 맞바꿀 수 없는 / 노동자"는 아니더라도 말이다.

●○ **고2 김민호**

그리하여

우리, 조금 더

쓸쓸해야 하느니

쓸쓸해야 사람이 그립고

사람이 그리워야

사람을 사랑할 수 있느니

얼마 전에 가족들과 함께 큰 대형마트에 간 적이 있었다. 주말이라 그런지 엄청나게 많은 사람이 쇼핑을 하고 있어서 우리는 사람들 사이를 비집고 지나다니며 살 물건들을 골라야 했다. 그 속에서 나는 이런 생각을 했다. '도시에서 사는 사람들은 날마다 지하철 안에서나 거리에서 누군지 알지도 못하는 사람들을 만나고 헤어지며 살아가겠구나. 인사를 주고받을 필요도 없이. 그러나 산골 마을에서 사는 우리는 길에서나 논밭에서나 어디에 가든 대부분 아는 사람이라 인사를 주고받지 않으면 안 되는데.'

속마음을 꺼내 놓지도 못하고, 시대의 아픔을 함께 노래할 수도 없는 만남이라면 서로 피곤할 것 같다. 시인은 "쓸쓸해야 사람이 그립고 / 사람이 그리워야 / 사람을 사랑할 수 있"다고 한다. 시인이 말하는 이 쓸쓸함은 어떤 것일까? 시인은 정말로 쓸쓸하고 괴로울 때에 옆에 앉아 마음을 나눌 수 있는 그런 진실한 사람을 그리워하는 게 아닐까? 몸은 피곤한데 사람이 그리워서 잠 못 들던 나처럼 말이다.

●○ 19세 김수연

나와 함께 모든 것이

텔레비전도 늙어 앞이 흐릿하고
냉장고도 늙어 찬 기운이 없다.
라디오도 늙어 지지직거리고
장롱도 늙어 삐걱거린다.
마당에 감나무며 무화과나무도 늙어
아래로 축축 늘어진다.
마을 길도 늙어 돌담이 무너지고
무너진 돌담 사이로 어슬렁거리는
고양이도 늙어 가르릉거린다.
아내도 늙어
어디 성한 데 하나 없어 끙끙거린다.

나와 살던 모든 것이
나와 함께 늙어 가나니.

얼마 전에 우리 할머니와 이웃집 할아버지가 돌아가셨다. 왜 사람들은 죽었다고 말하지 않고 돌아가셨다고 할까? 돌아가서 언젠가 다시 만날 수 있을 거라고 믿는 것일까? 오늘 아침에는 함께 살던 개 '꼬맹이'도 저 하늘로 훨훨 날아갔다. 아무 말도 없이 가 버렸다. 늙어 가는 것은 좋지만 죽는 거는 정말 싫다. 어떤 날은 저녁노을을 바라보면 가끔 두렵다는 생각이 든다. 여기저기 몸이 아프신 부모님과 내가 친구처럼 아끼는 우리 집 고양이와 강아지가 갑자기 나를 두고 떠날까 봐. "나와 살던 모든 것이 / 나와 함께 늙어" 가겠지만 내가 사랑하는 존재들이 떠나가는 것은 너무 마음 아픈 일이다. 이럴 때는 죽지 못하게 만드는 마술이라도 부리고 싶다.

●○ 고2 김민호

신호등 앞에서

빨간 불이 켜지자
넓은 길 좁은 길
쉬지 않고 돌아다니던
택시도 잠시 쉰다.

배추를 산더미처럼 실은
짐차도 잠시 쉰다.

'왕초보' 딱지 붙은
승용차도 잠시 쉰다.

빨간불에 걸렸다고
짜증을 내는
아버지도 잠시 쉰다.

아무리 바빠도
잠시 쉰다.

설레는 마음 반 두려운 마음 반을 가지고 시작했던 고등학교 1학년. 내가 고등학교를 올라오면서 가장 많이 느꼈던 것은 중학교와 고등학교 생활이 너무나도 달랐다는 것이다. 처음에는 "성적도 좋고 스펙도 많이 쌓아야 된다."라는 선생님들의 말씀에 학교생활 적응하랴 공부도 하랴 친구도 사귀랴 한 몸으로 여러 가지 일을 하려니 벅찼다. 왠지 모르게 고등학교는 뭔가를 해야 할 것만 같은 중압감 때문에 '이거 해야 한다, 저거 해야 한다.'라고 생각하며 이리저리 바쁘게 정신없이 움직였던 것 같다. 또한 공부도 무시할 수 없었다. 그런 점에서 중학교 때와는 달리 성적에 예민해졌다.

이렇게 틀에 얽매인 학교생활을 하루하루 하다 보니 학교는 나에게 '갑갑함'으로 다가왔고 내가 저절로 지치는 것이 느껴졌다. 시에서 보면 그 바쁜 택시도 무거운 짐차도 왕초보 승용차도 잠시 쉬는데 나도 하루쯤은, 하루쯤은, 아무 생각하지 않고 잠시 쉬어도 되지 않을까?

●○ 고1 김지윤

완행버스 안에서

안의 장날, 완행버스 안에서
고사리 취나물 들고 이고
숨 가쁘게 올라온 샘골 할머니와
나는 같은 자리에 앉았습니다.

할머니는 앉자마자
금세 코를 골았습니다.
나물 냄새보다 더 진한
땀 냄새와 함께
헝클어진 머리가
내 어깨에 닿았습니다.

봄나물 뜯느라
해보다 먼저 일어나,
언덕으로 무덤 사이로
이리저리 헤매고 다녔을
할머니를 생각하면
내 어깨가 너무 작습니다.

할머니 단잠 깨울까 봐
나는 숨조차 쉴 수 없습니다.

날마다 7시 10분이면 학교 가려고 버스를 타러 간다. 버스를 기다릴 때, 항상 동아슈퍼 앞에 할머니 한 분이 서 계셨다. 할머니는 비가 오나 눈이 오나 날마다 버스를 기다리셨다. 할머니와 같이 버스를 탄 지도 어느새 일 년이 다 되어 간다. 그런데 어느 날, 버스 안에서 할머니가 내게 말씀하셨다. "내가 보니깐 우리 학생이 기침을 자주 하네. 우리 아들도 옛날에 기침 때문에 고생 많이 했다 아이가. 몸을 따시게 하고 다니거라이." 나는 그 말씀을 듣고 마음이 아팠다. 왜냐하면 나는 단 한 번도 할머니한테 관심을 가진 적이 없었기 때문이다. 그런데 할머니는 나에게 관심을 주시고 속으로 걱정까지 하고 계셨던 것이다. 그 뒤부터 나도 할머니한테 관심을 가지기 시작했다. 얼마 전에 나는 알았다. 할머니가 비가 오나 눈이 오나 버스를 타고 가시던 곳은 다름 아닌 병원이었다는 것을.(어디가 아프신지 아직 여쭤보지 않았지만) 그날 문득 "할머니 단잠 깨울까 봐 / 나는 숨조차 쉴 수 없었다"는 봄날샘이 떠올랐다.

●○ 고2 김민호

사람들을 무어라 부르느냐

너는
뜨거운 물속에서
오래오래 펄펄 끓을수록
맛이 우러난다

너는
살이 익고
실낱같은 뼈가 익고 익을수록
맛이 우러난다

눈 코 귀 입 지느러미
여러 내장이 푹푹 익고
살 한 점 뼈 하나 남기지 않고
다 주어야 맛이 우러난다

사람들은 너를 멸치라 한다
너는 사람들을 무어라 부르느냐

죽음이 가까울수록 욕심만 늘고
곧 죽어도 넓고 좋은 땅에 묻혀서
천년만년 살고 싶은 사람들을
너는 무어라 부르느냐

사람들은 강아지를 강아지라 부르고, 고양이를 고양이라 부르고, 멸치를 멸치라 부른다. 그런데 이 시를 읽고 나니 궁금한 게 생겼다. 그렇다면 강아지와 고양이와 멸치는 사람들을 보고 무어라 부를까? 자기들끼리 부르는 말이 있지 않을까? 거꾸로 생각해 보았다. '만일 내가 죽어 멸치로 태어난다면 사람들을 무어라 부를까?' 궁금하다, 무어라 부를지. 혹시 이렇게 부르지 않을까? 밴댕이 소갈머리, 고집불통, 삐죽이, 욕심쟁이……. 멸치는 죽어서 살 한 점 뼈 하나 남기지 않고 다 주고 떠나는데, 사람은? 앞으로 풀어야 할 숙제다.

●○ **고2 강재훈**

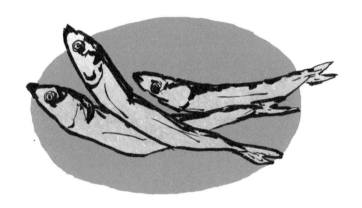

꿈

저 따뜻한 봄볕 아래
단 하루만이라도
단 한 시간만이라도
쉴 수 있으면 좋겠네.

흰나비 노랑나비 춤을 추는
저 따뜻한 봄볕 아래
아무 걱정 없이.

'꿈'이라는 시를 읽으면 대한민국 학생 어느 누구라도 공부와 시험 기간이 저절로 떠오를 것이다. 나도 시험 기간이 다가오면 봄날샘처럼 아무 걱정 없이 쉬고 싶다. 단 한 시간만이라도. 그렇다고 내가 다른 친구들처럼 밤새도록 공부하는 것도 아니고, 학원을 따로 다니는 것도 아니다. 수업 시간에 수업을 열심히 듣는 것도 아니다. 그런데도 시험 기간만 다가오면 모든 것이 걱정이다. 하기 싫은 수학 공부를 할 때는 정말 큰 스트레스다. 더구나 하기 싫은 공부가 내 미래를 좌우한다는 생각을 하면 엄청난 걱정과 좌절이 몰려온다. 하지만 이 시를 읽으면 어쩐지 위로가 된다. 이름 있는 시인도 걱정이 많구나 생각하니 힘이 조금 생긴다.

●○ 고2 김민호

내가 가장 착해질 때

이랑을 만들고

흙을 만지며

씨를 뿌릴 때

나는 저절로 착해진다.

사람마다 스스로 착해진다고 느껴질 때가 있을 것이다. 나는 언제 착해질까 생각해 보았다. 갈 길이 바쁜데 버림받은 강아지를 그냥 지나치지 못하고 주위를 맴돌며 한 번이라도 더 쓰다듬어 주고 싶을 때, 나는 저절로 착해진다. 무거운 짐을 들고 가는 할머니를 보고 나도 모르게 깊은 생각에 빠질 때, 나는 저절로 착해진다. 책 속에 나오는 마음 아픈 이야기를 읽고 내일처럼 여기며 닭똥 같은 눈물을 흘릴 때, 나는 저절로 착해진다. 아침 일찍 일어나 깨끗하게 몸을 씻고 하고 싶은 일을 하고 있을 때, 나는 저절로 착해진다.

오늘 아침에 이 시를 읽고 엄마한테 물었다. "엄마, 내가 가장 착해질 때가 언제야?" 엄마는 생각할 것도 없다는 듯이 바로 대답을 했다. "니가 열심히 공부하고 있을 때지." 내가 착해지려면 맨날 공부만 해야 하나?

●○ 고2 김민호

::

닳지 않는
손

농부, 농사

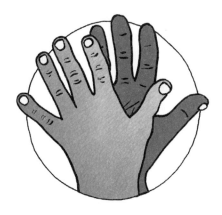

농부인 아버지는

우리 성당
수녀님과 신부님은
가끔 십자가 앞에서
무릎을 꿇지만

농부인 아버지는
어제도 오늘도
산밭에 심어 놓은
배추 앞에서
무릎을 꿇습니다.

이른 아침부터
저녁 늦게까지
한쪽 무릎을 꿇고
북*을 돋우고 있습니다.
벌레를 잡고 있습니다.

* 북 : 식물의 뿌리를 덮는 흙.

우리 부모님도 농부이시다. 시에 나오듯 한창 일철에는 이른 아침부터 저녁 늦게까지 일을 하신다. "산밭에 심어 놓은 / 배추 앞에서 / 무릎을 꿇습니다." 이 부분을 읽는 순간 밭에 나가 일하시는 부모님 모습이 떠올라 가슴이 아팠다. 부모님은 우리에게 하나라도 더 주고 싶어서, 더 편하게 해 주고 싶어서, 열심히 일하시는데 나는 그런 부모님을 도와 드린 기억이 그리 많지 않다. 이 시를 읽으면서 나를 돌아보고 잘못을 뉘우칠 수 있는 좋은 기회가 되었다. 시한테 고맙다. 앞으로 오늘 내가 느끼고 뉘우친 것을 생각이 아닌 행동으로 옮겨야겠다.

●○ 중3 최민경

이름 짓기

"순동 어르신,
이름 아침부터 어디 가세요?"

"산밭에 이름 지어 주러 간다네."

"산밭에 이름을 짓다니요?"

"이 사람아, 빈 땅에
배추 심으면 배추밭이고
무 심으면 무밭이지.
이름이 따로 있나."

순동 어르신처럼 우리 아버지도 산밭에 이름 짓는 일을 하신다. 똑같은 밭인데도 봄에 감자 심으면 감자밭이라 이름 짓고, 감자 캐고 배추를 심으면 다시 이름을 짓는다, 배추밭이라고. 아버지가 산밭에 지은 이름은 어마어마하게 많다. 감자밭, 배추밭, 고추밭, 깨밭, 남새밭, 옥수수밭, 양배추밭, 고구마밭……. 아버지는 사람을 살리는 밭이라며 이름을 함부로 짓지 않는다. 나는 그런 아버지가 무척 자랑스럽다. 아버지가 정직한 농부라는 것을 우리 식구들은 안다. 하늘이 알고 땅이 다 안다.

●○ 고2 김민호

닳지 않는 손

날마다 논밭에서 일하는
아버지, 어머니 손.
무슨 물건이든
쓰면 쓸수록
닳고 작아지는 법인데
일하는 손은 왜 닳지 않을까요?

나무로 만든
숟가락과 젓가락도 닳고
쇠로 만든
괭이와 호미도 닳는데
일하는 손은 왜 닳지 않을까요?

나무보다 쇠보다 강한
아버지, 어머니 손.

어렸을 때, 조그마한 내 손에 견주면 아버지 손은 뭐든지 할 수 있을 것처럼 커 보였다. 언젠가 나도 아버지처럼 손이 커지면 뭐든지 할 수 있을 거라 생각했다. 어느덧 내 나이 열아홉, 아버지 손보다 훨씬 커진 내 손을 보며 〈닳지 않는 손〉을 읽었다. 이 시를 읽는 내내 부끄러운 마음이 드는 까닭은, 아직 부모님의 마음을 다 헤아리지 못했기 때문이라 생각한다. "무슨 물건이든 / 쓰면 쓸수록 / 닳고 작아지는 법인데" 왜 부모님 손은 닳지 않을까? 내 손이 이렇게 커질 때까지 든든한 버팀목이 되어 주었기 때문이 아닐까?

●○ 19세 김수연

반성

그 때는 우리 그랬다.
미국 농산물이 노다지 들어온다기에
농민들 살리자고 모여
노래를 부르고 구호를 외쳤다.

집회가 끝나고
목이 마르면
자동 판매기 구멍에 동전을 넣었다.
덜거덕 종이 잔이 내려오고
따뜻한 커피가 쏟아졌다.

그 때는 우리 그랬다.
커피 한 잔쯤 마신다고
우리 농민들 실망하지 않을 거라고
커피 한 잔쯤 마신다고
우리 농민들 망하지 않을 거라고.

아버지는 독한 농약을 뿌리지 않고 농사를 지으신다. 그 말은 쉽게 농사를 지으실 생각을 하지 않는다는 것이다. 그렇다. 아버지는 누가 무어라 하든지 마음 쓰지 않고, 건강한 농산물을 생산하기 위해 조용히 할 일을 하시는 자랑스러운 농부시다. 그런데 이렇게 아버지가 애쓰시는 동안, 나는 우리 농산물을 지키기 위해 한 것이 아무것도 없다. 아버지는 비지땀 흘리며 일하는데, 농부의 아들인 나는 오히려 아버지와 반대의 길을 걷고 있었다는 생각이 든다. 자주 먹는 피자와 과자, 빵과 같은 음식 재료가 어느 나라에서 들어왔는지 나는 한 번도 생각한 적이 없다. 그저 먹고 싶으면 먹고, 배고프면 먹었다. 이 시를 읽고 나니 이제부터라도 아버지를 배반하지 말아야겠다는 생각이 든다.

날이 갈수록 밥 먹는 시간보다 커피 마시는 시간이 늘어난다는 세상이다. 커피 한 잔 한 잔 자꾸 마시다 보면 우리 농촌은 사라지고 말 것이다. 봄날 샘은 그걸 짐작하고 이 시를 썼는지 모른다. 시작이 반이라는 말이 있다. 과자 하나라도 우리 농산물로 만든 것을 찾아 먹어야겠다.

●○ 고2 김민호

도시 똥과 시골 똥

이모가 사는 25층 아파트에서
똥을 누는데
문득 이런 생각이 든다.

내가 눈 똥이 1층까지 내려가려면
시간이 얼마나 걸릴까?
어디에 모여 어디로 갈까?
그 많고 많은 아파트마다
날마다 똥을 눌 것인데
그 똥은 도대체 어디로 가는 걸까?

시골 사람 똥은
거름이 되어 논밭으로 가는데
논밭으로 가서
곡식과 과일을 자라게 하는데.

겨울 방학이라 용돈을 벌려고 친구들과 봄날샘 농장에 아르바이트를 갔다.(그때는 이 시를 읽기 전이다.) 소똥을 삽으로 퍼서 옮기는 작업은 냄새는 조금 났지만 그냥 그대로 할 만 했다. 비위가 약한 민호는 힘들어 했지만 말이다. 그러나 점심밥을 먹고 생태뒷간에 사람이 눈 똥을 치우는 일은 결코 쉬운 일이 아니었다. 대단한 용기가 필요했다. 다행히 친구들이 그 일을 하고 나는 다른 일을 하게 되었다. 얼마 뒤, 생태뒷간에서 친구들이 무언가를 들고 나왔다. 가까이 가서 보니 똥이 가득 담긴 고무대야였다. 나는 그 똥을 보고 기겁을 했다. 그날은 평생 잊지 못할 것이다.

한 해가 지난 지금, 이 시를 읽으면서 다시 생각한다. 그때 그 똥은 더러운 게 아니라는 것을. 농약도 안 치고 농사짓는 봄날샘 식구들이 눈 깨끗한 똥이라는 것을. 땀 냄새 가득한 정직한 똥이라는 것을. 논밭으로 가서 곡식과 과일을 자라게 하는 똥이라는 것을. 그런데 여태 내가 수세식 변기에 버린 똥은 다 어디로 갔을까? 개울로, 강으로, 바다로 흘러가서 오염만 시켰으니 어쩌면 좋단 말인가. 똥아, 정말 미안하다!

●○ **고2 박경락**

아버지는 농부이십니다

맑은 날에는 논밭을 갈고
흐린 날에는 고추 모종을 심고
비 오는 날에는 고구마 모종을 심고
날씨에 따라 하는 일이 다른
아버지는 농부이십니다.

농사는 하늘이 반 이상 짓고
나머지는 사람이 짓는 것이라고
맨날 맨날 하늘을 쳐다보는
아버지는 농부이십니다.

몇 해 전, 아버지는 이웃집 축사를 지으시다가 6미터나 되는 높은 곳에서 떨어져 발꿈치를 크게 다치셨던 적이 있다. 처음에 그 소식을 들었을 때 하늘이 무너지는 줄 알았다. 아버지는 그 사고로 말미암아 수술을 받고 일 년 남짓 입원을 하셨다. 몇 해가 지난 지금도 아버지는 발꿈치가 시리고 아프다고 한다. 더구나 다리까지 절뚝거리게 되셨다. 그런데 그 몸으로 다시 농사를 지으신다. 높은 곳에 올라가 여전히 이웃집 축사 짓는 일도 하신다. 왜냐하면 농사만 지어서는 식구들을 먹여 살리기가 쉽지 않기 때문이다. 더군다나 지난해 비가 많이 내려 배추 농사를 망친 적도 있었다. 하지만 아버지는 끝까지 포기하지 않았다.

올해는 배추 농사 대신 고구마 농사를 지었다. 나는 조금이라도 도움이 되고 싶은 마음에 아버지 일을 도왔다. 그러나 농사일이 무엇 하나 만만한 게 없었다. 고구마 캐는 일, 옮기는 일, 골라내는 일까지 정말 힘든 일뿐이었다. 봄날샘은 "농사는 하늘이 반 이상 짓고 / 나머지는 사람이 짓는 것이라고" 하지만 농부는 정말 대단한 사람이다.

●○ **고2 김민호**

고추 농사

지난해, 순열이네
고추 농사 지어서 돈 벌었다는 소문이
앞집 뒷집 담을 넘고 개울을 지나
발도 날개도 없는 것이 쭉쭉 퍼져
올해는 온 마을 사람들
고추 농사만 지었다

올해, 온 마을 사람들
고추 농사 지어놓고
고추 값 뚝 떨어져 모두 망했다

두세 번 속으면서도
혹시나 올해는
돈벌이 될 줄 알고 심었다가
고추 값 뚝 떨어져 쫄딱 망했다

고추 농사만 망했으랴
자식 농사 이웃 농사 쫄딱 망했다
발도 날개도 없는 것이

허파에 바람만 잔뜩 들게 하고

도시든 농촌이든 어떤 사람이 무얼 해서 돈을 벌었다고 하면 서로 그쪽으로 달려간다. 더구나 텔레비전이나 신문에서 누가, 무얼 해서, 성공했다고 하면 앞뒤 생각도 없이 막 따라간다. 누구나 잘 되는 줄 알고 따라가지만, 누구나 잘 안 될 때가 더 많은 게 현실이다. 그래서 쫄딱 망했다는 이야기를 자주 듣는다. 시에서 말하는 고추 농사뿐만 아니다. 내가 사는 산골 마을은 양파를 많이 심는다. 그런데 양파값이 해마다 다르다. 양파 20kg 한 망이 어떤 해는 15,000원 어떤 해는 7,000원 어떤 해는 공짜로 주어도 안 가져가려고 한다.

그래서 〈고추 농사〉란 시를 우리 마을 농부님들에게 읽어 드리고 싶다. 그리고 말하고 싶다. "한 가지만 많이 심게 되면 모두 망할 수밖에 없다고. 그러니 한 사람이 고추 농사를 지으면 다른 사람은 배추 농사를 지어야 하고, 또 다른 사람은 감자 농사를 지어야 한다고. 그래야 이웃과 나눌 수도 있고 이웃과 함께 행복하게 살 수 있다고." 봄날샘은 틀림없이 나처럼 이런 이야기를 하고 싶었을 것이다.

●○ 고2 강재훈

'고구마 캐기' 행사에 다녀와서

"아버지, 농촌에는 왜
할머니와 할아버지밖에 살지 않을까요?
할머니와 할아버지 돌아가시면
누가 농사지을까요?
우린 무얼 먹고 살지요?"

"누가 또 농사짓겠지.
조그만 게 별걸 다 걱정하고 있네.
공부나 열심히 해. 이 녀석아!"

아버지는 마치 남 일처럼
툭 말씀하시지만
나는 아무리 생각해도 걱정이다.

'이렇게 달고 구수한 고구마
두 번 다시 못 구워 먹겠지.'
할머니와 할아버지
다 돌아가시고 나면.

겨울 방학을 맞이하여 봄날샘 농장에 친구들이랑 아르바이트를 갔다. 봄날샘은 사람과 자연을 괴롭히는 독한 농약과 화학비료와 비닐을 쓰지 않고 농사지으신다, 그래서 겨울이면 산에 올라가서 부엽토를 긁어모아야 한다고 했다. 부엽토는 좋은 거름이 되기도 하지만, 비닐 대신에 밭두둑에 덮으면 풀이 적게 나고 수확량도 늘어난다고 하셨다. 다른 농부들처럼 농약도 쓰고 비닐도 쓰면 농사짓기 쉬울 텐데……. 자연을 살리느라 애쓰는 봄날샘이 자랑스럽게 보였다.

오전에는 봄날샘 따라 친구들과 산에 올라가서 부엽토를 긁어서 자루에 담아 나르는 작업을 했다. 보기와 달리 쉬운 일이 아니었다. 추운 겨울인데도 이마에 땀이 났다. 오후에는 거름(소똥) 나르는 일을 했다. 비위가 약한 나는 정신을 차리기가 어려웠다. 봄날샘은 "똥은 더러운 게 아니라, 사람을 살리는 보물"이라 하지만 구역질은 멈추지 않았다. 봄날샘은 도시에서 살다가 산골 마을로 귀농한 지 10년 남짓 된다. 쉰 살이 넘었는데 이 마을에서 가장 젊다고 자랑하신다. 그런데 10년 남짓 산골에 살면서 돌아가신 분은 열 사람이 넘는데 이사 온 사람은 한 사람도 없다며 걱정을 하신다.

봄날샘은 "농촌에 할아버지와 할머니들이 아직 살아 계셔서 도시 사람들이 밥을 먹고 사는데, 앞으로 이 분들이 다 돌아가시고 나면 어쩔 거냐"며 걱정 또 걱정을 하신다. 학생인 우리도 같이 풀어야 할 문제인데 우리는 자꾸만 농촌을 벗어나려고 한다. 잘못한 것도 없는데 봄날샘을 보면 미안한 마음이 든다. 시처럼 "'이렇게 달고 구수한 고구마 / 두 번 다시 못 구워 먹겠지.' / 할머니와 할아버지 / 다 돌아가시고 나면."

●○ **고2 김민호**

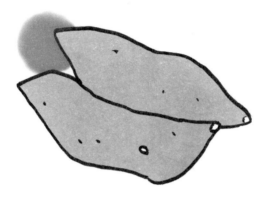

감자 농사 풍년이 들어

우리 마을
감자 농사 풍년이 들었습니다.

집집마다 감자 밥상입니다.
감자밥, 감잣국, 감자부침, 감자찌개……

감자 농사 풍년이 들어
삶아 먹고 구워 먹고
감자 빛깔 감자똥만 눕니다.

어느 농사든 풍년이 들면 좋은 일이다. 그러나 나는 좋지 않을 때도 많다. 왜냐하면 풍년이 든 농산물은 팔리지가 않아 맨날 먹어야 하기 때문이다. 그리고 값이 떨어져 농부들도 걱정이 이만저만이 아니기 때문이다. 시골에서 살면 누구나 겪는 일이다. 양파 농사 끝나면 양파를 질리도록 먹어야 하고, 감자 농사 끝나면 감자를, 고구마 농사 끝나면 고구마를 삶아 먹고 구워 먹고……. 그래서 농부들은 풍년이 들어도 걱정이고 흉년이 들어도 걱정이다. 걱정 또 걱정이다. 그래서 시골에 살고 있는 나도 친구들도 고등학교 졸업하고 나면 모두 도시로 나간다. 언제쯤 우리나라 농부들이 마음 놓고 농사지을 수 있는 날이 올까? 언제쯤 시골 학생들이 도시로 나가지 않고 고향에서 살 수 있을까? 청년 실업이 날이 갈수록 늘어난다 하는데 걱정 또 걱정이다.

●○ **고2 박기범**

나를 살린 시

만일, 세상에 시가 없었다면

공부만 하는 공붓벌레가 되었을지
일만 하는 일벌레가 되었을지
돈만 생각하는 돈벌레가 되었을지
눈에 보이는 것밖에 모르는 바보가 되었을지
무엇이 소중한지도 모르는 멍텅구리가 되었을지
마음 나눌 벗 하나 없는 외톨이가 되었을지
가난한 농부 귀한 줄 모르는 얼간이가 되었을지
내가 살려고 남을 속이는 사기꾼이 되었을지
그리하여 귀한 밥만 축내는 버러지가 되었을지
도시 시멘트 속에 갇혀 이미 송장이 되었을지

누가, 어떻게 알겠냐고?

만일 내가 농사를 짓지 않았더라면 어떤 생각으로 살고 있을까? 날마다 밥을 먹으면서 농부에게 고맙다는 생각을 하긴 했을까? 농사를 지으면서 알았다. 사람은 누구나 몰라서 짓는 죄도 많다는 것을. 내가 농사를 짓지 않았더라면 농약과 화학비료에 병든 땅을 살리는 일이 얼마나 어려운 일인지 알 수 있을까? 농사를 짓는 일이 사람을 살리는 일이라는 걸 알았을까? 내가 농사를 짓지 않았더라면 벌레 먹은 고구마가 가장 맛있다는 걸 몰랐을 것이다. 거무튀튀한 곶감이 가장 달콤하다는 것도 몰랐을 것이다.

이 시를 읽으면서 참 고마운 마음이 들었다. 농사지을 수 있어 고맙고, 사람을 살리는 건강한 농사를 짓는 이웃을 만나 고맙고, 또 몸으로 시를 가르쳐 주시는 농부 시인 봄날샘을 만나 고맙고.

● ○ 19세 김수연

장날

완행 버스 타고
오 분이면 갈 수 있는 장터에
마을 할머니들은
걸어서 걸어서 간다.

빈손으로 가도
멀고 다리 아픈 길을
머리에는 마늘종대 이고
손에는 산나물 들고
꼬부라진 허리 펴고 간다.

걸어서 갈 수 있는 길은
걸어서 간다.

우리 마을에서 장이 열리는 삼가까지는 버스를 타고 십 분쯤 걸린다. 걸어 가면 아무리 빨리 걸어도 한 시간은 넘게 걸릴 것이다. 그래서 나는 친구를 만나러 갈 때에나 학교 갈 때에도 버스를 타고 간다. 버스를 타고 가다가 창밖을 보면 할머니들이 머리에 무얼 이고 가는 것을 가끔 볼 때가 있다. 큰 트럭이 쌩쌩 달리는 찻길 옆으로 걸어 다니는 모습을 보면 불안하게 보인다. "꼬부라진 허리 펴고 간다. // 걸어서 갈 수 있는 길은 / 걸어서 간다." 이 구절을 읽으면서 내가 내게 물었다. '내가 무어 잘한 게 있다고 버스 타고 다니나. 할머니들은 저 불안한 길을 걸어서 걸어서 다니는데.' 시가 나를 부끄럽게 하고 불편하게 한다.

●○ **고2 박기범**

산내 할아버지

경운기를 몰고
산밭 아래
작은 샘을 지날 때마다
잠시 물 한 잔 하신다

어이쿠우 시원타!
맨날 이리 고마워서 우짜노

보는 사람 하나 없는데
작은 샘한테 인사를 하신다

정말 저 산밭 아래에 작은 샘에게 인사를 하시는 할아버지가 살고 계실까?
나도 저런 마음으로 살 수 있을까? 어찌 보면 정말 사소한 일인데 그런 일
로도 저런 감사를 할 수 있다는 것이 정말 멋지고 대단해 보였다. 나도 산
내 할아버지처럼 작은 일에도 감사하며 살아가고 싶다. 너무 사소한 일이
라, 너무 작다고 여겼던 일이라, 감사하는 마음을 잊어버린 적이 많았던 것
같아 부끄러웠다. 이 시를 읽으면서 다시 한 번 '작은 것'에 대해서 생각해
보았다. 모든 행복은 작은 길, 작은 집, 작은 방, 작은 행복, 작은 꿈과 같이
이 작고 사소한 것으로부터 시작되는 것이니까. 이 작은 것들을 잊지 않고
살아가는 작은 마음을 다시 한 번 일깨워 준 시야, 고맙다.

●○ 19세 김수연

못생긴 감자

감자를 캘 때부터
우리 식구들은
잘 알고 있습니다.

잘생긴 감자는
상자에 담겨
생협에 팔려 간다는 것을.

못생긴 감자는
밥상에 올라
우리 식구 살린다는 것을.

잘생긴 감자와 못생긴 감자 중 무엇이 더 맛있을까? 비록 못생기긴 해도 힘들게 농사지었으니 맛있게 먹는다. 우리 엄마도 올해 감자 농사를 짓는다. 참고로 팔지는 않는다.

● ○ 초등5 조정욱

보리 《밥 한 숟가락에 기대어》

밥 문나
어찌하랴
무덤가에 누우면
밥 한 숟가락에 기대어
겨울 문턱에서
이름 짓기
늦가을 밤에
나와 함께 모든 것이
아내는 언제나 한 수 위
고백록
겨울 아침
나도 저렇게
내가 가장 착해질 때

보리 《58년 개띠》

나도 도둑놈
58년 개띠
목욕탕에서 1
반성
돈

보리 《나는 못난이》

속잎 살리느라
작은 음악회
도시 똥과 시골 똥
신호등 앞에서
우찌 알고
농부인 아버지는
겨울 방학
나는 못난이

서로 미안하여
겨울밤

창비《우리 집 밥상》
산밭 가는 길
아버지는 농부이십니다
멍구 울음소리
감자 농사 풍년이 들어
장날

우리교육《닳지 않는 손》
스트레스
봄날
'고구마 캐기' 행사에 다녀와서
가장 듣기 좋은 말
닳지 않는 손

손금을 보면서
아버지 보약

나라말《내가 가장 착해질 때》
이대로 가면
내가 가장 착해질 때
꿈
완행버스 안에서
밥 한 그릇
사람이 그리운 날
정든 것끼리 정붙이고
심사위원

나라말《못난 꿈이 한데 모여》
상추와 강아지풀
가장 짧은 시

첫 월급
콩을 가리며·
때늦은 깨달음
나를 살린 시
그리하여
산내 할아버지

내기
강아지풀이 사는 집
못생긴 감자
그만하길 다행이네

실천문학사《아내에게 미안하다》
차이
사람
몸무게
고추 농사
사람들을 무어라 부르느냐

문학동네《주인공이 무어, 따로 있나》
학교에서
진주 할머니